Palabras que debemos aprender antes de leer

animal

arañar

insecto

ruido

viento

www.rourkepublishing.com

Edición: Luana K. Mitten
Ilustración: Anita DuFalla
Composición y dirección de arte: Renee Brady
Traducción: Danay Rodríguez
Adaptación, edición y producción de la versión en español de Cambridge BrickHouse, Inc.

ISBN 978-1-61810-514-1 (Soft cover - Spanish)

Rourke Publishing
Printed in the United States of America,
North Mankato, Minnesota

www.rourkepublishing.com - rourke@rourkepublishing.com
Post Office Box 643328 Vero Beach, Florida 32964

¡Chisss!
¿Qué es ese ruido?

Jo Cleland

ilustrado por Anita DuFalla

—¡Chisss! ¿Qué es ese ruido?

4

¿Será una rama del árbol?

—¿Será un animal?

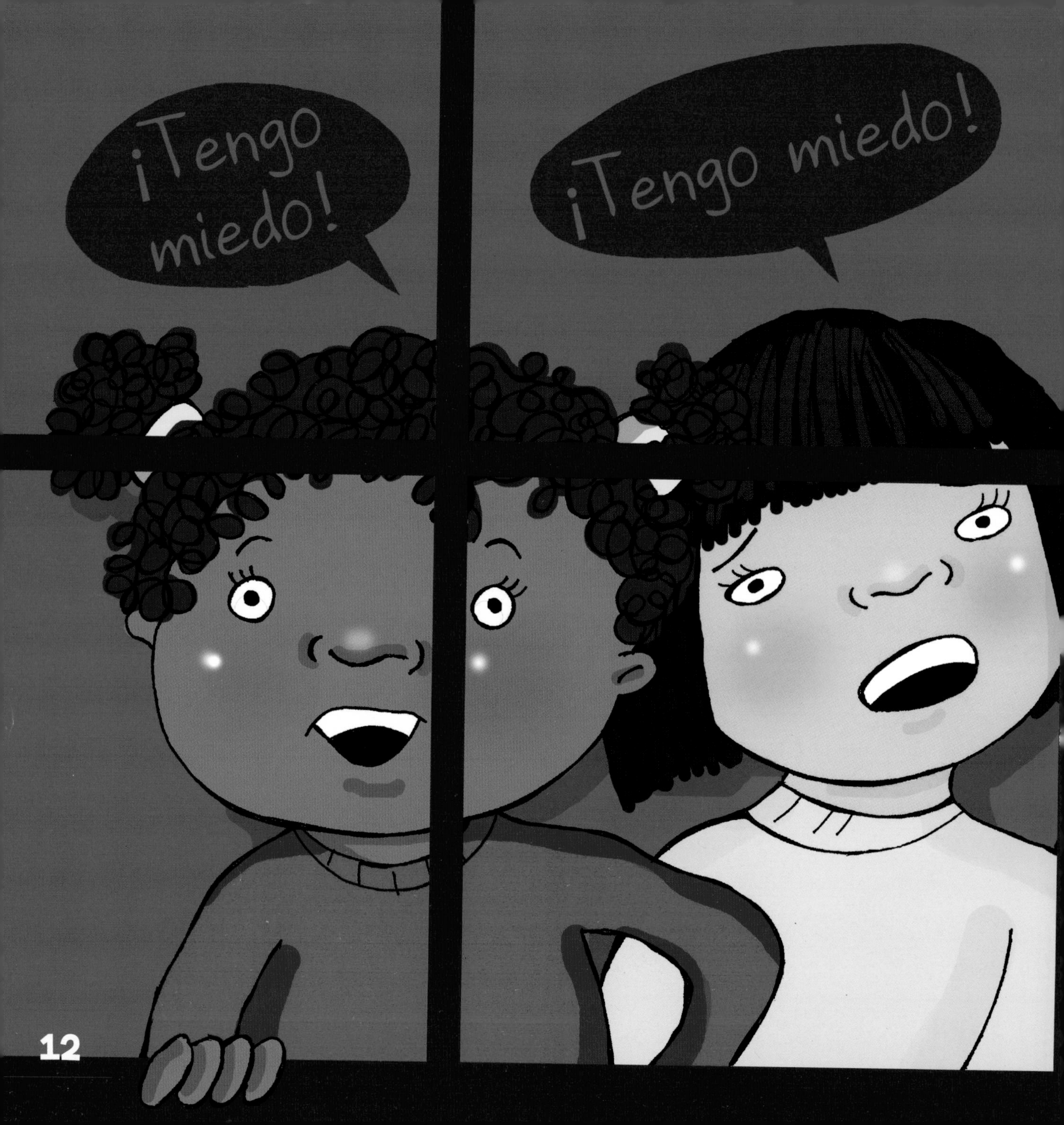
¡Tengo miedo!
¡Tengo miedo!

—¿Será un ladrón?

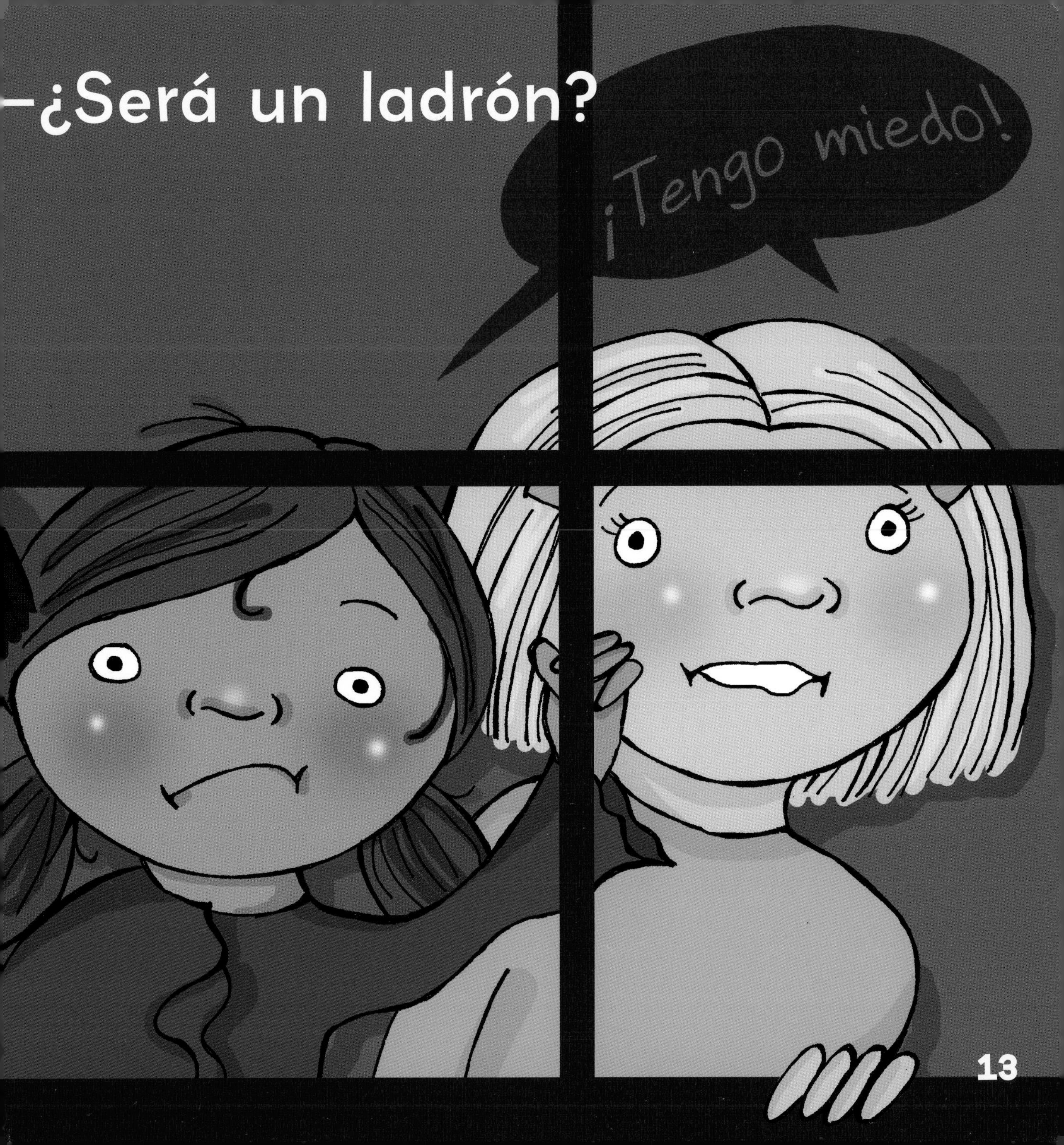

—Papá, ¡hay algo
que está
arañando!

—¿Qué está pasando?

—¡Sí, lo escuché!

20

—Es solo un insecto. ¡Ya nadie tendrá más miedo!

Actividades después de la lectura

El cuento y tú...

¿Qué causaba el ruido en el cuento?

¿Quiénes estaban asustados?

¿Alguna vez has escuchado un ruido que te haya asustado?

Palabras que aprendiste...

A cada palabra le falta la primera letra. ¿Podrías escribir las palabras en una hoja de papel y añadirles la primera letra?

_nimal
_rañar
_nsecto
_uido
_iento